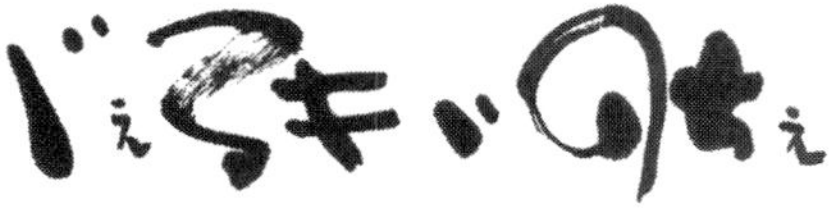

Yermo y noche

荷田悠里

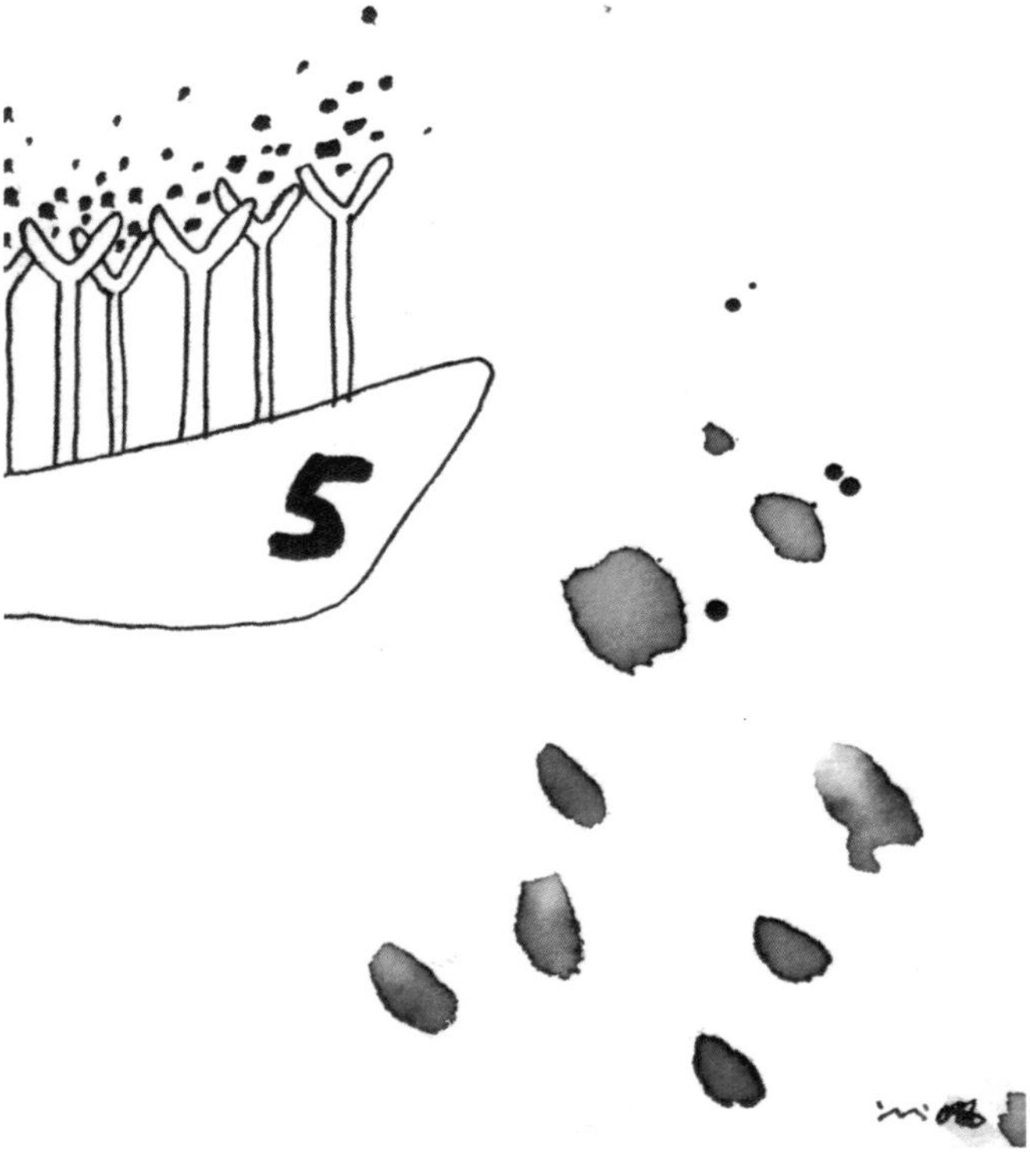
5

じぇるも　い　のちぇ（Yermo y noche）

目次

絵　山下博己

じぇるも　い　のちぇ（Yermo y noche）

impala

或る時期からわたしは自分が涙腺の無い生き物に進化したのだと
思うようにしていた

理由は特別な年の夏に見た夢のせいではないかと思う
わたしは明け方孤独で優雅なインパラになった夢を見た
ぞっとする程美しい夢が絶滅せずに
世界のどこかに潜んでいたのだ

わたしは夢に選ばれてしまった

夢の中でわたしは母親インパラだった
一頭の幼いインパラと共に果てしない大地を駆け巡っていた

乾いた風が細長い耳を揺らした

夕暮れがやって来た
地平がみるみるうちに赤く染まっていった
空が変容した
薄く　淡く
そして　朱く　紅く　赫く

乾いていたのは風だけではなかった
走り続けた二頭の肢体は水分を欲していた
わたしと仔インパラは水を求め彷徨した

暫くして　草原の中に小さな森を発見した
深く濃い緑の葉が生い茂り　甘く官能的な香りの花々が咲き乱れていた

その下をくぐり抜けると　奥に一筋の光が差し込んでいた
そこだけが清らかで神聖な場所であるかのように

そこには小さな泉があった

仔インパラとわたしは興奮して後脚で大地を蹴った
軽く跳躍して泉のほとりに駆け寄った

細長い咽喉に冷たい水が勢いよく流れ込んだ
仔インパラの短くて柔らかな背中の毛をひんやりした風が撫でて
いった
仔インパラはいつまでも水を飲み続けている

静かに夜が近づいてくる気配がした

わたしは泉を離れ　帰り途を探し始めた
しかし不思議なことに来た道が見つからなかった
鳥の鳴き声も動物の足音も聞こえなかった
この森には生き物が存在しないようだった

足を踏み入れてはいけない場所に入ってしまったのだ
焦燥感がわたしの肢体を一層冷やしていった
急いで仔インパラを呼ぼうとして気づいた

声が出ない

不安に駆られ全身に力を入れた
そして弾かれたように泉の中心を振り返った
仔インパラの姿は跡形もなく消えていた

KAWASAKI

インパラが飛び跳ねるようにわたしはベッドから起き上がった

早朝四時半の青い光が部屋の床を照らしていた
静かだった
森の静けさよりも静寂な朝だった

バッハのマタイ受難曲をかけ　時刻表を確認した
急いで服に着替えトーストとコーヒーを食べ歯を磨いた
かばんの中に必要だと思われるものを次々に投げ込み家のドアを
念入りに閉めて駅に向かった

まだ始発のバスもなく　駅まで自転車を走らせた
ビルディングの窓という窓が陽の光を反射し始める時間だった
夏の光の中　朝を追いかけて仔インパラを探しに行くのだ

こんなにも頼りない憶測なのに　その不安には揺るぎのない確信があった

新幹線の中でかばんに投げ込んだ白い表紙のノートを出して　少し迷ってからグラシンを丁寧に外して表紙に「impala」と書き込んだ

途中　雪のない青い富士山が見えた

品川駅は通勤する人で溢れかえっていた

「ケイキュウ、ケイキュウ」とローマ字を音読して生まれて初めて
「京急」という電車に乗った
乗客の少なかった新幹線とは大違いでつり革に必死につかまって
高層ビル群を抜け
大きな河を越えるとじきに川崎駅に到着した

さらに乗り換えがあって一体どこまで知らない場所にいくのだろ
うかと不安になった
電車の中で静かに深呼吸をした

世界を吸ってわたしを吐く
地球を吸ってわたしを吐く

肩をゆっくり下ろして指の力を緩めた
手の中では　今から訪れようとしている住所のメモが皺くちゃに

なっていた

その街のわかりにくさときたら　メモの皺よりも複雑でかつ味気ない光景の連続だった
灰色の工場の連続体
並んで建つ薄汚れたアパート
同じような大きなトラックが並んでいる営業所
電信柱には二色印刷の文字だけの広告
「かんたんな仕事で高収入」

うんざりしながら歩いていくと　その先にメモに書いてあった名前と同じマンションがあった

小さな駅からマンションまで誰にも会わなかったが　マンションのも人の気配がなかった

物音一つしない空間にゆっくり足を踏み入れた
静かに階段を上ると　その先には長い廊下が続いていた
廊下の右手からは空が見え左手には朱色のドアがずらりと並んでいた
部屋番号を一つ一つ確認しながら音を立てずに進んだ
頭の中で　早朝に聴いたマタイ受難曲が鳴り始めた

一つの扉の前で立ち止まった

メモと同じ番号の４０５号室

ドアノブに手を掛けると容易く回転した
鍵は空いていた
ゆっくりとドアを開けるとエアコンの冷たい風が勢いよく流れ出

てきた
靴をはいたまま薄暗い部屋の中に入っていった
台所は何日も洗っていないと思われる茶碗が散らかっていた
更に奥の明るい部屋へ進む
エアコンの冷たい風はその部屋から流れてきていた

朝の光さす
夏の明るさの中に兄が仰向けで倒れていた

速度と記憶

予想通りの光景だったから動揺はしなかった
わたしはその日　人生で最も冷静な行動を取ると決めていたからだ
まず安否確認のため　顔を近づけて兄の名前を二度呼んだ

瞼が動き兄はうっすらと目を開けて不思議そうな顔をした
そして　わたしの名前を呼んで弱々しく微笑んだ
わたしは駅の自動販売機で買ったミネラルウォーターを少しずつ
飲ませた
半分近く　口元からミネラルウォーターがきらきらと流れ落ちる
のを確認して救急車を呼んだ

救急車は九時を少し過ぎた頃到着した
部屋の外では蝉の声が滝のように降り注いでいた

「一日半、水を飲んでいなかったようです。危なかったです。」

救急隊員がきびきびと動きながらも、わたしに優しく語りかけた
「ご家族の方ですか？」

「妹です。」

「お近くにお住まいで？」

「え…シズオカ？なぜ？」

「いえ、静岡です。」

「兄が倒れている気がして、始発の新幹線で来ました。」

救急隊員は数人がかりで長身の兄を部屋から運び出した

…今度、川崎大師に連れて行ってやるよ。お正月は参拝客でいっぱいだから、人のいないもっといい時期に行こう…

救急車は大師前の参道をサイレンを鳴らしながら走った
参拝客が驚いた顔で振り返って　わたしたちの乗った救急車を見つめていた
そんな景色が一瞬で後ろへと過ぎ去る速度で、救急車はカーブを曲がる
高層ビルの建つ中心部を通り　ほどなくして救急車は高度救命救急センターに到着した
父と母に連絡をしてから長い長い検査を暗い廊下の硬いイスに座って待った
救急車を降りた時には想像しなかった長い時間だった
数時間後　父と母がこわばった顔で病院に到着した
そこから三人でさらに数時間待った

さあばあだうん　（中原中也の声がします）

脳がさあばあだうんして
海辺の飛行機は健全です
墜落する天使はミクロの世界に向かうため
復旧の目途は現在経っておりません

脳内には静かなブロッコリーが満ちあふれ
日々増殖して　世界を宇宙を浸食していきます
やがて宇宙は美しいみどりにむせ返ります

植物に慈悲があったならば
脳はさあばあだうんしなかっただろう

わたしはひかる宇宙のブロッコリーをもぎ取って一口齧り
兄の永遠に復旧しない脳のことを思い浮かべました

グリオブラストーマ

大都会の大きな病院で、わたしは父と母と並んでドクターの言葉をぼんやりと聞いていた。
ドクターの話を真剣に聞けば聞くほど、宇宙の果てにみずみずしいブロッコリーが成長している光景だけが浮かび上がる。

若い緑色をしたブロッコリーが、兄の薄暗い脳内にぽこぽこと増殖しているらしい。取り除いても取り除いてもそれは、ブロッコリーの芽のように新たに生まれ成長する。わたしの知らない宇宙の彼方で、誰かが熱心にブロッコリーを育てているようだ。そして、その宇宙は、兄の言語中枢野や視神経とつながっているらしい。

「つまり、悪性というより、超悪性なんです。治りません。手の施しようがないということです。」

また暗闇の中に光る緑が出現したようだ。わたしは植物に感情はあるだろうかと考えた。

もしも、あるのならば。

ブロッコリーに慈悲はないだろうか。

眠りに落ちながら、わたしは慈悲深い植物を想像した。

noche

そこは暗闇というよりは
液状の夜
よく磨った濃墨でできた湖に
そっと右足を入れる
左足も入れる

とろりとした夜の中に
身体を沈めて目を閉じる
伝えたかった言葉が夜に溶け出してゆく
それらは文字になる前に形を失う

そしてからだは空っぽになって
眠りに落ちる
右手に握っていた墨が
するりと湖の底に吸い込まれていった
深い夜の底に

音の消えた湖に
月が静かに溶け始めた

yermo

ペルーのトルヒーヨという町に来て何日か経ったある日、遠い親戚のＤの経営するホテルに遊びに行くことになった。

滞在の拠点としていたトルヒーヨから車で一時間弱。シンバルという場所だ。静岡の市街地からＵ温泉に行くのとよく似ている。異なるのは温泉がなく、子ども達のための小さなプールがいくつも点在するローカルなリゾートだということだ。整備されたアスファルトの道を離れ、曲がりくねった砂利道をゆっくりと進む。眼下には深い谷が広がり岩間にサボテンが見える。車は左右に大きく揺れる。しばらく進むとホテルのゲートが見えた。ゲートを入ると目の醒めるような青や緑の壁のコテージが並んでいた。改めて南米に来ていることを思い出した。

完成したばかりの新しさと清潔さで、プールの水の透明度からバスタオルの匂いまで何もかもが気持ちよかった。不思議なことに、午後の三時頃に到着してベッドに横になった後からの記憶がない。誰かがドアをノックする音で起きると夜の八時を廻っていた。そして、夕食をとって部屋に戻るとまた眠ってしまった。まるで眠るために小さな村を訪れたかのようだった。外で螢が飛んでいたことも知らなかった。見たかったサザンクロスのことも忘れて眠っていた。

目が覚めたのは明け方だった。日本での仕事の疲れも不安も消えていた。日本にいる時は寝ても覚めても仕事の事が頭のどこかにあった。シンバルでの睡眠はわたしを開放させてくれたようだった。そっと靴に足を入れ、広大な敷地をゆっくり散歩することにした。

朝の深く静かな霧が小さな村落一帯を包み込む。数メートル先はもう何も見えない。辺り一帯神聖な空気だ。日本の十月の初めはシンバルでは三月。早春だ。髪に肩に細かな粒子のようなものが触れる。宙に向かって手を伸ばしてみると、霧雨だった。日本の霧雨よりも更に粒子は細かく、「降る」という表現ではうまく伝えられない。それは、降るというより浮遊しているとか、漂っているというようなやわらかさだった。霧雨の中に立っていると穏やかな気持ちになった。

ペルーでは、海沿いの地方では雨が降らないと聞いていた。よく考えればトルヒーヨは海に近いが、シンバルはU温泉のように山に囲まれている。霧雨が存在していた証拠に、手で触れると木製のベンチがしっとりと濡れていた。

朝食の後、Ｄに霧雨の話をした。

「それは珍しいね。霧は夏にいっぱい出るね。」

と、日本語で答えてくれた。

その朝の静かな景色は、日本に帰国した今はもう手の届かない遠い場所にあるのだけれど、密やかな霧雨のようにやさしく、今もわたしに寄り添うように存在し続ける。


ペルーに来るまでの数ヶ月間に思考していたことが、明確になるような旅だった。そこに何かが「在る」か「ない」か、ということの周縁をぐるぐる回っていたのだと思う。存在について。兄の残された生について。死について。哲学的命題というわけではなく、この夏わたしの家族に突きつけられた現実だった。

１か０か、と二択の世界観で考えていたことが、ペルーではことごとく覆される。ペルーは広い。大地はどこまでも続く。海岸部と山岳部。北と南。そして、それらの中間部が両極の間に大きく広がる。アマゾンに近い場所もペルーの領土である。大雨が降る場所だってあるだろう。

Dに、

「ペルーはどうですか？」

と聞かれたことがあった。簡単な感想を言うとDは少し笑って、

「ペルーは広いです。」

と答えた。わたしの見たペルーはほんの一部分でしかなかったのだなと、あとからDの笑い顔を思い出した。

「何もない荒野に行きたい。」と思っていた。

南米の大地に強い憧れを抱いていた。砂漠ではなく荒野に行きたかった。荒野に行けば、何かを捨てられると思っていたのだ。ペルーに行く最大の目的は荒野に行くことだった。

Ｄとの雑談から何日か後、Ｄにトルヒーヨから遺跡の町チクラヨまで、往復六時間以上の荒野のドライブをしてもらった。その道中がほとんど荒野だと聞いていたからだ。遺跡が目当てではなく、荒野を楽しみにしていた。きっと何もない。無の世界があると思っていた。

しかし、何もない、と思っていた荒野には様々なものが在った。人間の捨てたゴミ、ポリ袋、群がるコンドルのように大きなカラス達、看板、岩山にまばらに生えているサボテン…。確実にそこには何かが在った。人が通過した形跡だった。美しくも尊くも何ともない無人の気配。しかし、それはチクラヨの外れの遺跡博物館で感じたものと少し似ていた。日本人が発掘したという金や銀の美しい装飾品や埋葬品は、わたしの中ではポリ袋やペットボトルの延長にあった。

夕暮れの迫る荒野を今度はひたすらトルヒーヨに向かって走る。荒野の先には唐突に小さな集落が現れる。ガソリンスタンド、バスターミナル、ひしめくリクシャやバイク、ガソリンの匂い。荒野を抜けて来た人の為の食料品店や簡素なレストランがぎゅうぎゅうと並んでいる。ごった返す人々の熱気に満ちた街道を、Dの車は一気に通過する。家がまばらになる。「土地売ります」の看板が増え始める。そしてまた、荒野がやってくる。その繰り返しだ。

集落が現れる。荒野。集落。荒野。
最果てなど、ない。

日が暮れて真っ暗になった荒野の中で
「荒野ってスペイン語で何て言いますか？」
と聞いてみた。
「yermo かな？」

と少し考えてから運転席のDが答えた。

じぇるも、じぇるも、とわたしは真似をする。何度か呟くうちに楽しくなる。力強く明るい響きだ。

捨ててきたかった感情が確かにあった。荒野に行けば捨てられると思っていた。現実はそんなに甘くはない。だけど、想像することはできる。わたしの捨てた感情はコンビニの袋に入っていて、荒野のどこかに転がっているのだと。あまりにも沢山のゴミでどれがわたしの感情かはもう分からない。カラスがつついてしまったかも知れない。

神聖でかつ猥雑なyermo。地球の反対側にそんな場所が存在すること、そこへ行ってきたことはわたしの小さな灯りとなった。じぇるも、じぇるも。と、微かな声で呟きたくなる夜がある。感傷は消える。シンバルで眠ったように眠ろうと、部屋の電気を消す。荒野の集落が遠ざかっていく。淡々とたくましく生きる人達を思い出す。静かに眠気がやってくる。

大きなカラス達が空へ勢いよく飛び立っていくのが見えた。コンドルのようだった。

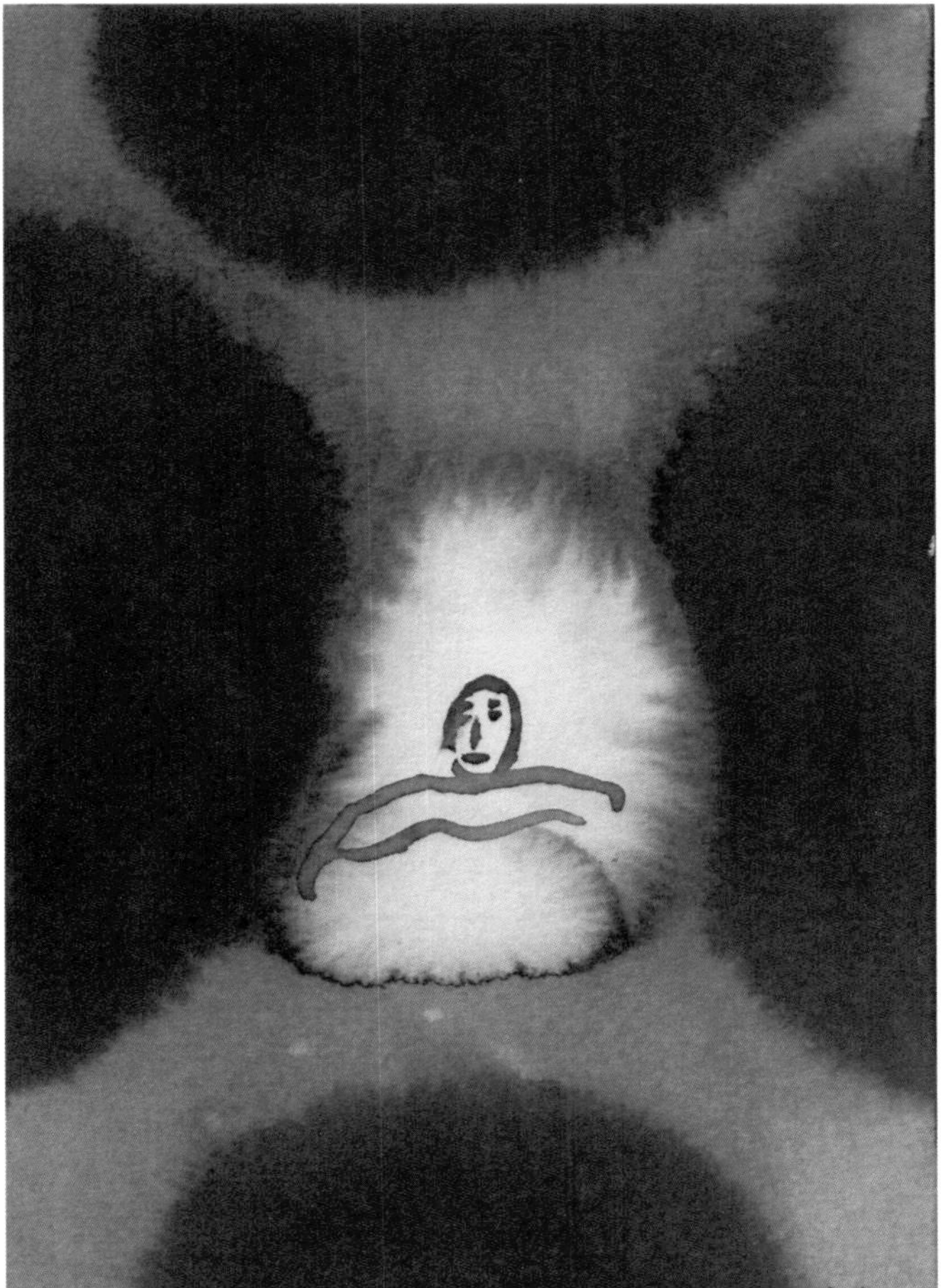

泉

休日の午後はたいてい筆を持つのが日課となっている。

親戚の形見である大きな硯に水差しを傾けると、ゆっくりと硯の陸に水の塊が広がってゆく。

使い込まれた硯は人に長いこと愛された風貌を呈している。硯には太古からの波紋がある。

水に濡れると黒い表面はさらに潤いを増して石の歴史を多弁に語り出す。

いくつかの墨の中から、五十年ほど前に精製された愛用の墨を選ぶ。

墨が硯に接した瞬間に、美しい楕円状の水の塊は一気に崩される。

その瞬間の心地よさを噛みしめながら少し力を入れて墨を磨る。

墨の香りが部屋の中に満ちてゆく。


階段から降りてくる不安げな音に気づいて振り向く。

兄が明るい場所を探してふらふらと歩いている。

兄は川崎の病院を退院して静岡で自宅療養を始めていた。

毎日退屈そうな顔をして家の中をさまよっている。


ね、書道やらない?

書道。


明るく声を掛けると兄はわざと苦虫を潰したような顔をして黙ったまま壁伝いにやってくる。

椅子を引くとそろそろと座る。

書きたい言葉は何かあるか?と聞いてみる。

何もないと兄が断言する。

本当に書きたくないのかも知れないと思いつつ半紙を下敷きの上に敷くと、兄はひらひらと手を舞わせる。
そうなのか、と思って筆を渡す。

ほぼ全盲状態と診断された両目は真っ白な半紙をしっかり見据えている。
力なく、綿菓子を作るような柔らかさで文字を生み出す。
ふわりふわりと筆を動かす。
起筆もおれもはねもないが黙って見ている。
書き終わると兄は自分の書いた字をじっくりと眺めている。
ああ、梟みたいになっちゃった。

残念そうに呟く。

半紙には泉という一字が書かれている。
兄が泉を選んだ理由はわからない。
わたしは意味もなく興奮する。

ね、ねね、臭と泉の違いがわかるの?
見えるの?

ああ、わかるよ。
半紙は白くて明るい。
墨は黒くて暗いからはっきりわかるんだ。

自分でも字が見えることがうれしいらしく、三枚ほど続けて書くが
どれも臭に見えるとしきりに残念がる。
確かに決して美しい泉ではないが、臭と断言するほどの臭らしい字
でもない。

視力の問題かもしれないと思った。

同じ答えに兄も到達したようだった。

もう寝る、と不機嫌そうに言ってふらふらと腰を上げた。


暗いなあ、ここは本当に暗い、カーテンを閉めているの？


と言って去って行った。

ゆっくり階段を上る音がする。

居間にわたしは一人残された。

本当にここは暗いのだろうか。


明るいはずの部屋の中で兄の言葉を反芻していると部屋のどこかで梟の声が聞こえ始めた。

鼓動が速くなる。

いけないいけないと思って、じっと兄の書いた泉の文字をじっと見つめる。
兄と入れ違うように猫が部屋に静かに入ってくる。
同時に梟の声は消える。

猫の頭を撫でていると母が買い物から帰って来た。
兄が筆で泉と書いたことを話すと母もじっと考えてから、不思議ね、あの子の恋人の名前でもないわねえ。

泉って誰かしら。

と呟いた。
兄は倒れた後、恋人との連絡を絶った。
兄は自分の命が長くないことを気づいてしまったのかも知れない。
目が見えないゆえの闇よりもさらに深い闇が兄の心に横たわっていた。

暗い森に兄が絡めとられていくのを誰も止めることができなかった。

その暗い森の中に泉はひっそりと存在していた。

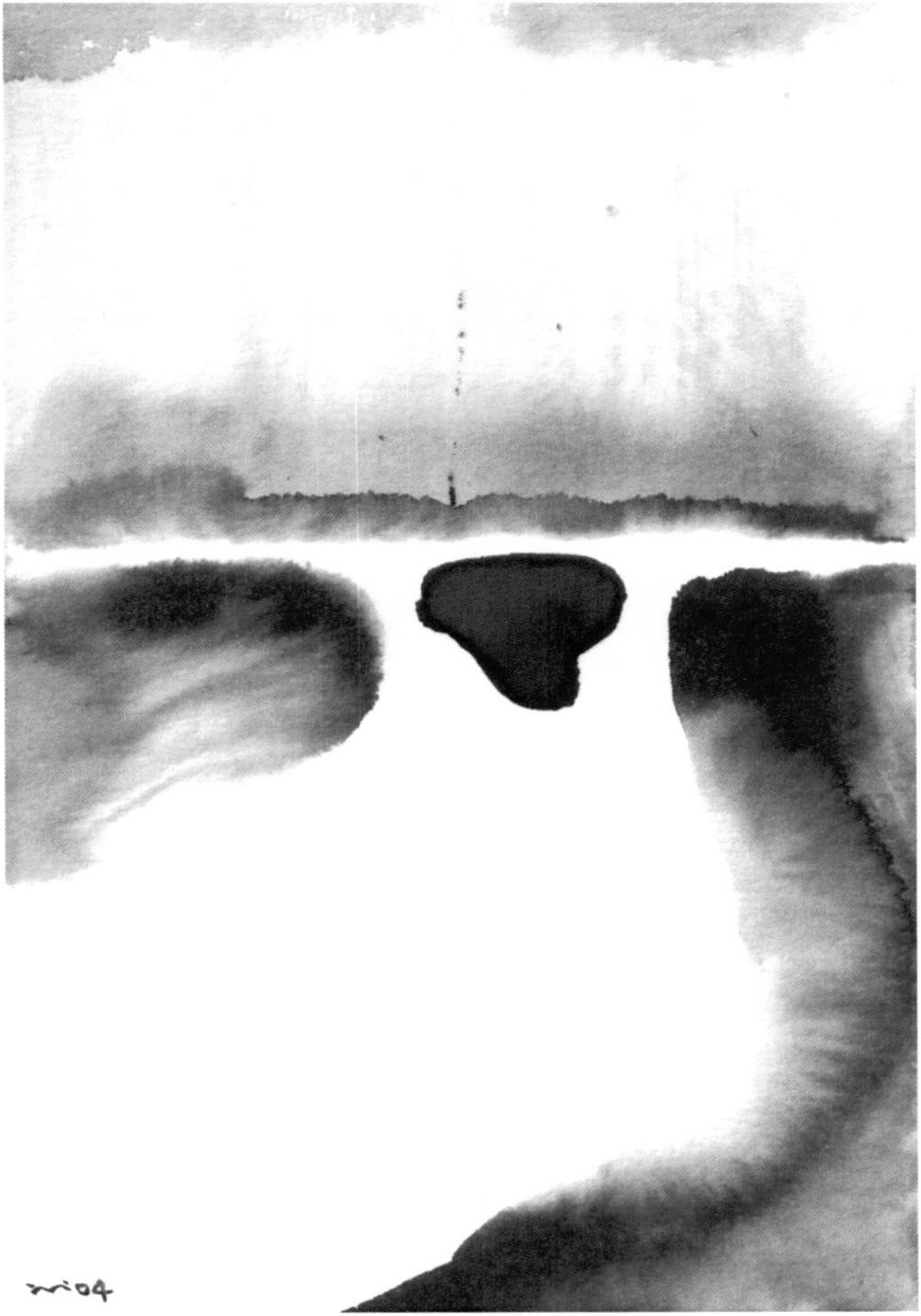

thiramis

二十代の終わり、長いこと入院をしていた。家から離れた病院の白い病室で、誰とも話さず毎日俳句の本を読んでいた。時々、母と交代して兄が見舞いに来てくれた。外出届を出して、二人でドライブに出掛けた。その街で有名なケーキ屋さんでケーキを食べるのが、ドライブの目的だった。

冬のある日、スペインケーキの専門店に入った。そこには、聞いたことのないスペイン語のケーキが並んでいた。地中海を思わせる白い壁の小さなケーキ屋さんには、客は兄とわたしの二人きりだった。二人で悩みながら、結局兄は大好きなティラミスを、わたしはナティージャを頼んだ。

「おいしいねえ。」

と、少しずつ交換して食べ、紅茶を飲んだ。兄妹だから、たいした会話もなくぽつぽつと話してから店を出ようとした。兄が支払いをしようとして、小さく私に囁いた。

「お札、入れてくるの忘れちゃった。お金あるかな？」

わたしはそっと兄にお金を渡した。店を出てから二人で笑い転げながら車で病院へ戻ったのを覚えている。

特に深く語り合う訳でもない、どこにでもいる平凡な仲の良い兄妹だったのだと思う。

ある年の六月の終わりの夜、遠く離れた兄に大変なことが起きていることに気づいた。そのまま、七月一日の始発の新幹線で兄のマンションに向かった。兄が倒れていた。急いで救急車を呼んだ。高度救命救急センターで手術を受けたが、余命一年半と告げられた。現代の最先端の医学でも治らない病気だった。

兄の病状は緩やかに進行していった。

まず、視力を失った。

暗闇の中で生きる兄にとっては、食べることが唯一の楽しみとなった。主治医にも、本人が食べたいものはとにかく食べさせてくださいと言われた。わたしはティラミスを見つけると、必ず買うようにしていた。だんだん表情もなくなっていった兄は、ティラミスをお茶漬けのように流し込むようになった。そして、最後に
「ありがとう。寝る。」

と言って眠ってしまうのだった。


自宅療養が困難になり救急搬送された入院先で、珍しく兄の意識がはっきりとしていたことがあった。母が兄と二人きりでいた時だ。

母が兄に聞いたそうだ。

「一番食べたいケーキって何？買ってくるからね。」

兄は静かにゆっくりと答えた。

「小学校の時、東京のおじさんの家に泊まったんだ。その時、おじさんとおばさんが手作りのケーキを一生懸命作ってくれた。そのケーキが一番食べたいんだけど…。」

東京の叔父とは、母のたった一人の弟だった。母は絶句したそうだ。母が黙ったのを見て、兄は呟いた。

「そうだね、思い出は食べられないんだね。」


それからしばらくして、兄は水分すら受けつけなくなり、点滴が命の綱となった。

十月。真夜中に一人静かに息をひきとった。


この一年、泣かない夜はなかった。家族の笑いも消えた。兄の思い出を話すと、父が泣きながら「もうやめてくれ。」と部屋を出て行ってしまうので、兄の話をすることもなくなった。

兄の通っていた高校は今、博物館になっている。小高い丘の上にある博物館だ。駿河湾が一望できる。兄が亡くなってから、母を乗せて近くまで二度ほど行った。車の中では兄の高校時代の思い出話をしているのに、博物館が近づくと、

「やっぱり今日はやめておこうかな、時間も遅いし。」

と言って、寄らずに帰ってくる。

入学式、三者面談、保護者参観、卒業式…。母にとっては思い出が多すぎてまだ向き合えないのだろう。

「そうだね、コロナが終息したら行こう。」

が、決まり文句だ。

兄の話をすると怒る父だが、先日父の部屋をのぞいたら、机の上に幼い兄とわたしと弟が並んで座っている写真が置いてあるのを見つけた。三歳で父親を失い、二十三歳で母親を失い、八十歳になっ

て最愛の息子に先立たれた、父の深い孤独を知った気がした。

二十代の終わり、療養していた。真っ白な部屋、誰とも話さない日々、薬漬けの無気力な毎日。わたしの病名を知らない兄は暢気そうな顔をして、そこから連れ出してくれた。兄は一度も病名を聞かなかった。しかし本当は誰よりも心配していたのだと、後から知った。ティラミスを店で見つけると、泣きたいような懐かしい気持ちになる。あの頃のわたしはもうどこにもいなくて、朝、トーストとコーヒーを用意して仕事へ向かう日々が幸福に感じられるようになっている。わたしに黙ってつきあってくれていた兄の優しさを思い出す。

思い出は食べられない。それは確かなことだ。

だが、追憶という機能は生物の中では人間にしかない機能らしい。だから、弔いをする生き物は人間だけだ。

もうすぐ一周忌がやってくる。

洋菓子店の店先で美しく並ぶケーキたちをぼんやりと眺める。ティラミスを買おうか。いや、東京のおじさんたちのように、ケーキを焼いてみようか。

頭の中に静かにこだま号が滑り込んでくる。扉が開く。夏休みの日焼けした子どもが一人、勢いよく降りてくる。背の高い男性に飛びつく。楽しげに話しながら東京駅の広い階段へ向かう。ああ、今からおじさんにケーキを焼いてもらうんだね。

わたしは我に返ると、唇を噛みしめ下を向いて店先をあとにした。

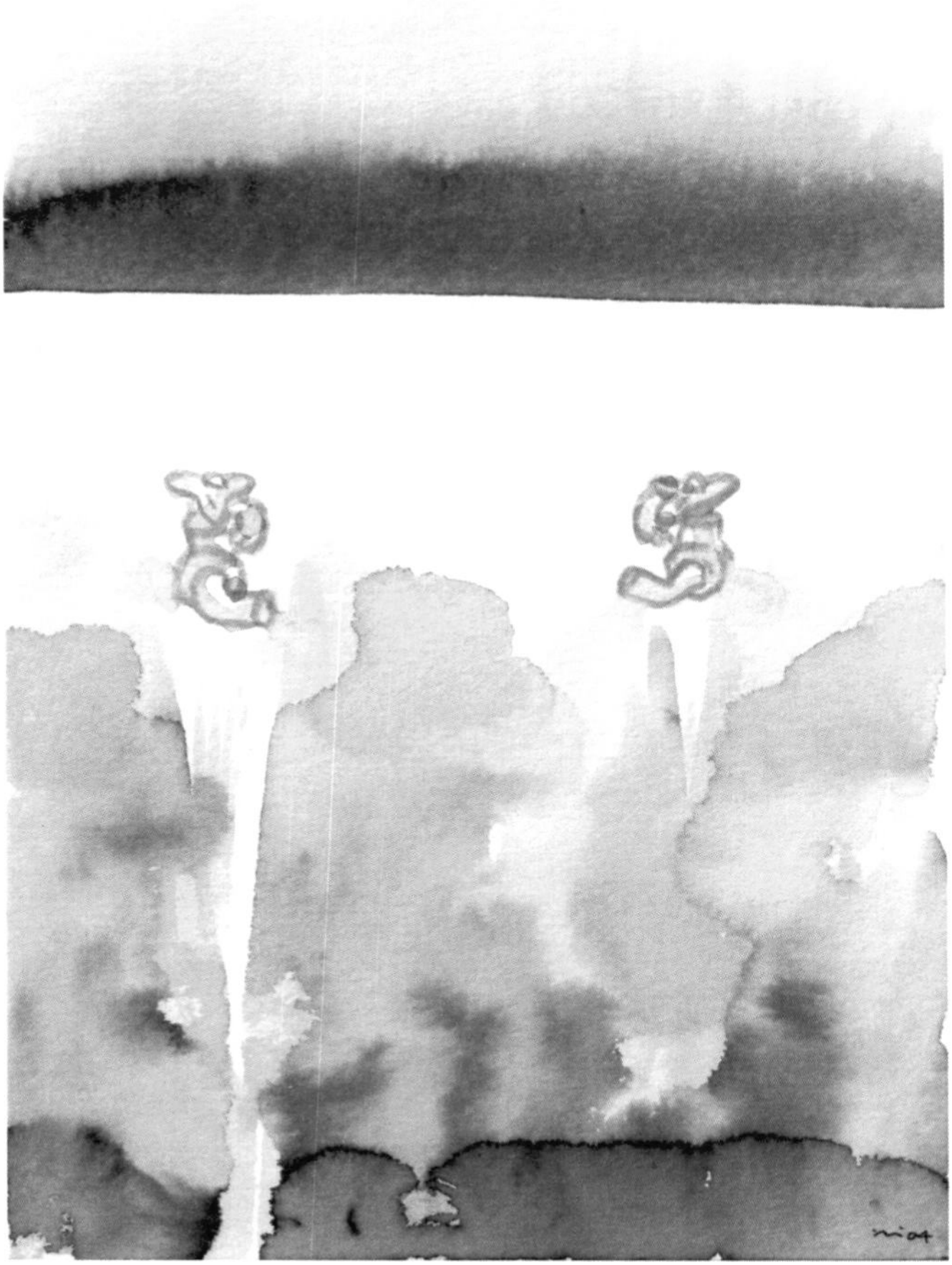

秋の埋葬

青空の端に
秋の終わりをそっと埋めに行く

雲一つない空を滑って
そうだ、ここは子どもの頃来た場所だね
と兄に話しかける

海のそばの公園でわたしは迷子になって
兄を探して大きな声を上げて泣いた
空と海が溶け合う青い世界の向こう側から
兄が走ってきた

秋の終わりを埋めながら
隣に兄がいないことに気づく
手にしていた最後の秋を強く握りしめる
ああ、これは兄の骨だ
兄は小さな白い骨になった

(黒い服を着た父と母が空へ立ち上る煙をじっと見つめていた)

わたしの肺に秋の終わりが漂っている
ここから最も遠い場所に深く埋めても
液状化した秋が滲み出てわたしの身体を離さない
わたしの内部は青く浸蝕されてゆく

誰か、わたしを解放してよ

泣きながら青い空を滑走してゆく夢をみる
目を覚ませば暗闇の中で猫が
漆黒の瞳でわたしをじっと見つめている
新月の夜　小さな星々が瞬いていることを想像して眠りに就く

時折　銀河の底へと堕ちてゆく日がある
二度と聴くことのない優しい声
猫の背中に手を伸ばし震える声で呟く

下降する魂を止めてよ

猫は目から流れる液体を理解した
いつしか秋の終わりの気配が消えた代わりに
猫が毎晩隣で眠るようになった

絶叫し続ける夜は蒸留され
涙ほどの液体を入れた小瓶を身につけ
わたしは働き始めた

(哀しみを乗り越えたふりをして生きる、父も母も、全力で)

今年も冬支度の季節が巡ってきた
しんとした朝の庭に　一人立つ
風に飛ばされて辿りついた
黄金色の公孫樹の葉を
今日も箒で掃きながら

見上げれば
白い雲　一つ

blanco

最後に潜ったオーストラリアだった
溺れた時に見えた海の底は白く明るかった
きっと世界の果て、辺境、縁、深淵、死の谷、すべて人の想像する
以上に明るく澄んでいるのだろう

希望と悲しみが一つになってわたしを明るい方へ明るい方へと追
いつめていく

わたしは冬の明るい白い部屋の隅で小さく丸くなる
次第に白い尻尾が生えてくる
見たこともないような尻尾だ

そうして
真っ白なアルマジロの子どもに生まれ変わる
希望の塊に生まれ変わっても、憂いは存在し続ける
だからもっと丸くなる
少し泣く
眠くなってそのまま目を閉じる

白く明るい朝がやって来る
それは絶望を抱えた朝だ
わたしはその朝をそっと抱きしめる
絶望もまん丸くなる
そして少しだけ小さくなる
毎朝その儀式を繰り返す

わたしはアルマジロになったことも忘れて毎朝仕事へ向かう
アルマジロのまま笑っている
溺れかけた海の記憶はアルマジロの中に残っている
アルマジロは未来に向かってゆっくりと浮上していく

árbol

始筆・終筆・はらいを意識してバランスよく書こう

「みなさんの書きたい木はどんな木ですか？」

子どもたちは一斉に立ち上がり黒板の前に集まって
色とりどりのチョークを持ち
自分の知っている木の名前をひらがなや漢字などで書き始める

さくら　梅　松　もも　クヌギ　ココナッツ　柿　もみじ
りんご　竹　あべまき　白樺　ポプラ　ユーカリ　いちょう

黒板は森になる

「みなさんの知っている木を教えてくれてありがとう。
今日は木の清書ですね。
あなたの木に花がいっぱい咲くように
小鳥がたくさん集まるように
思いをこめて木という字を書きましょうね。」

清書　木

子どもたちは筆を持って背筋を伸ばして木を書き始めた
静かな森の中にいるみたいだ
たくさんの木と木の間をゆっくり進む

しばらくすると窓際の元気な子どもがため息をつきながら声を上げる
「先生、僕の木には小鳥が一羽も来そうにないんだ。」

そっと近寄って話しかける
「ここからは見えないけれど、半紙の外側にひばりが飛んでいますよ、あなたの木に向かって。」

廊下側の子どもがつぶやく
「なんだか夜の木みたいになっちゃった。どうしてだろう。」

静かに廊下側の木に向かう
「夜の木は静かですね。梟がとまっていますね。でも、ちょっと筆
を持つ高さを変えてみましょうか。」

光さす木　嵐に耐える木　芽吹く若葉
夕暮れの中の大樹　こもれび　薫る白い花々

そして　黄金色の落ち葉が校庭を覆う季節
明るさと悲しみが身体中に流れ込む季節が今年もやってきた

校庭の端に
子どもの姿の兄が笑っている
九歳か十歳くらいのままで

兄の書く木にも多分小鳥は少なそうだけど
青い空を飛ぶ鳥たちを
嬉しそうに眺めている

枯らさないように
枯らさないように

どこからかよく知っている花の香りがして
もう一度窓の外を見ると
校庭には兄はいなかった

つよい木　やさしい木
元気な木　おだやかな木

「では、来週は日を書きますよ。

お日さまの日です。」

子どもたちの書いた木の入った箱を抱えようとすると
子どもたちが叫びだす

「先生、日ようびの日！」

「祝日の日！」

「祭日の日！」

「夏休みの日…あれっ？」

子どもたちと一緒に笑いながら
「それでは皆さんに会えないですよ。わたしはみなさんに会える日も大好きです。」
教室中の木が一斉に明るく笑うと
あたたかな日が差して木々は一斉に花を咲かせ始めた

優しくて懐かしい花の香りに満ちあふれ　森は幸福に包まれた

小鳥　りす　うさぎ　きつね
鹿　野ねずみ　きつつき

みんな集まって嬉しそうに見つめ合って笑った
そして　その眼差しは森の奥に向けられた

そこには泉があった

泉のほとりには
ごくごくと水を飲む仔インパラの姿があった

秋のやわらかな光を浴びて泉は光り輝いた

枯らさないように
枯らさないように

子どもたちの書いた木の入った書箱を大切に抱え直す
「先生、またね。今日の給食にはマスカットゼリーがでるよ。」
「じゃあ、急がなくっちゃね。給食当番がんばってね。」

来週はお日さまの日
次は　元気の元
その次は　友だちの友

いつか美しい泉が書けるまで

枯らさないように

あとがき

兄が亡くなって、今年で五年になります。

グリオブラストーマとは、脳腫瘍膠芽腫のことです。兄が救急搬送された先の病院で余命一年半、五年生存率は5％と告げられました。現代の医学でも治ることは難しい病気です。

つい最近になって「なぜ、わたしは兄の闘病記ではなく詩というスタイルを選んだのだろう?」と不思議に思いました。わたしにとって最も〈リアリティ〉を表現できる手段が詩だったから詩を選んだのだと、今思っています。

わたしの感じたあの頃の現実は夜の記憶ばかりです。タイトルに夜（のちぇ）という言葉を入れたのもそれが理由です。また、兄が療養している間、画家の山下博己さんの個展に行って絵を購入しました。その絵は男の子が夜の中で眠っている絵でした。詩集を出版したいと思った時、山下博己さんの絵が頭に浮かびました。山下さんに「絵を表紙と挿画に使わせていただきたいのですが…。」と連絡を取ると、山下さんは快く了解して下さいました。改めて山下博己さんに御礼申し上げます。

この詩集はわたしにとって第二詩集になります。第一詩集の時の詩人名を一字変えました。アカウント名を変えるくらいの気持ちでいるので大した理由はありません。兄の名前が戒名になって法要で呼ばれていたのも理由かも知れないですし、飼っていた猫が死んだのもそうかも知れないです。そしてまた猫を飼い始めました。相変わらず、言葉の誕生と言葉が果てる時のことと猫のことを考えているのだと思います。

七月堂の知念明子さん、出版にあたり大変お世話になりました。本当にありがとうございました。

兄にも感謝を伝えたいです。こころからありがとう。

二〇二三年五月

荷田悠里

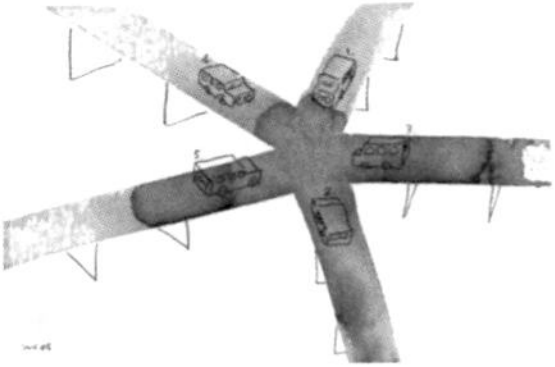

じぇるも い のちぇ (Yermo y noche)

二〇二三年六月三十日 発行

著 者 荷田 悠里（かだのゆうり）

発行者 知念 明子

発行所 七 月 堂

〒一五四―〇〇二一 東京都世田谷区豪徳寺一丁目―二―七
電話 〇三・六八〇四・四七八八
FAX 〇三・六八〇四・四七八七

装 幀 菊井崇史
印 刷 タイヨー美術印刷
製 本 あいずみ製本所

Printed in Japan
ISBN 978-4-87944-530-8 C0092
乱丁本・落丁本はお取り替えいたします。